주홍 글자

—— The Scarlet Letter ——

일러두기

이 책은 원서의 제책 방식을 따랐습니다.

오른쪽에서 왼쪽으로 읽어주세요.

주홍글자

너새니얼 호손 지음 | 정이립 옮김

HB 한빛비즈
Hanbit Biz, Inc.

차 례

좋은 아침입니다.

안녕하세요.

안녕하세요.

내 부하 직원들은
안락한 일상과
지루한 업무 탓에 게을러졌다.

솔직히 말해서
세관 일은 너무 따분하다.

흠음.

예전에 나는 표지에
내 이름이 들어간 책을
펴내는 꿈을 꾸기도 했다!

내 이름은 전 세계를 돌아다니지만
내가 바라던 방식은 아니다.

고작 세관을 통과하는
물품 상자에나 인쇄될 뿐…

6

오래된 서류철을 정리하기로 했다.

어느 날, 나는 지루한 기분을 좀 덜어보려고…

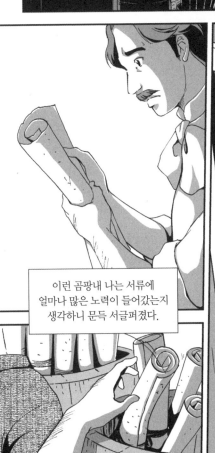

이런 곰팡내 나는 서류에 얼마나 많은 노력이 들어갔는지 생각하니 문득 서글퍼졌다.

아무도 찾지 않는 서류 뭉치 속에서 내 호기심을 채워줄 무언가를 발견하기를 바랐다.

The Scarlet Letter

Chapter 1

17세기 미국 보스턴

당시 보스턴 시민들은
대부분 영국에서 온 청교도들이었고,
그들은 신앙의 엄격함을 중시했다.

청교도들은 규율을 엄격히 지켰고
크든 작든 모든 죄를 경멸했다.

법이 너무 물러터졌어요.
고작 며칠 가두고 표식으로
처벌하는 건 너무 자비롭다고요!

헤스터 프린!

사람들 앞에
당신 표식을 보이시오!

시간이 됐소!

탁!

으…

저기 여자가 나와요!

약속하건대,
저 여자는 모두가
똑똑히 볼 수 있는 곳에
설 것이오!

선량한 사람들이여,
길을 비키시오!

이쪽으로 와서 가슴에 단 주홍 글자를 보여주시오!

왜 저 여자는 가슴에 'A' 자가 있는 거지?

아~

저 아기야말로 저 여자가 죄를 지었다는 확실한 증거지. 아기 뒤에 숨긴 주홍 글자만큼이나 말이야.

저걸 한 땀 한 땀 수놓으면서 분명 저 여자도 마음속으로 죄책감을 느꼈을 거예요.

저 여자는 벌을 자랑스러워하는 것 같아. 부끄러운 줄 알아야지!

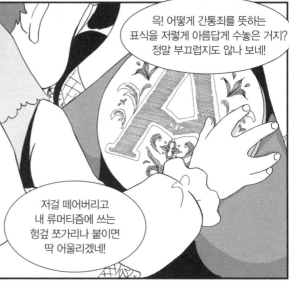

익! 어떻게 간통죄를 뜻하는 표식을 저렇게 아름답게 수놓은 거지? 정말 부끄럽지도 않나 보네!

저걸 떼어버리고 내 류머티즘에 쓰는 헝겊 쪼가리나 붙이면 딱 어울리겠네!

하지만 결혼한 뒤에 남편은
책에만 파묻혀 지냈지.

흠...

Chapter 2

와앙!
와앙!

...

죄악을 단호히 처벌하는 신성한 뉴잉글랜드에 온 것을 환영하오!

저 여자의 가슴에 달린 부끄러운 표식을 보시오!

간통죄를 저지른 여자는 남은 평생 주홍 글자를 달아야 하오.

저 여자 남편이 여자를 혼자 여행하게 했고, 그러다 여자가 죄악에 빠지고 말았다지, 아마.

그럼 저 여자 남편은 지금 어디에 있소?

아… 그렇소…?

아무도 모르지. 바다에서 죽었다는 소문도 있고.

저 여자가 아버지 이름을
안 밝히고 있소.

어쩌면 우리 중에
서 있을 수도…
뭐, 오직 신만이 알겠지.

저 아이는
고작 서너 달밖에
안 된 것 같은데.

아버지가 누구요?

현명한 판결이오!
저 여자는 그 자체로
죄를 지어서는 안 된다는
살아 있는 설교가 되겠군.

불륜 상대가 저 여자 옆에
서 있지 않다는 건
짜증 나는 일이지만…

곧 밝혀지겠지!

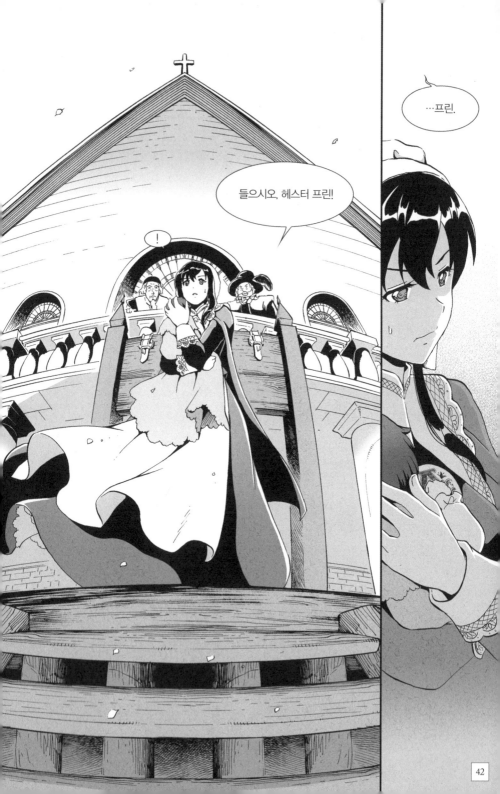

하지만 죄를 저지르는 것이야말로 진정 부끄러운 일이죠…

게다가 진실을 밝히지 않으면 또다시 죄를 지을 수도 있습니다.

아서 형제여, 공개적으로 여자에게 비밀을 폭로하라고 압박하는 게 잘못이라고 생각하는 거 압니다.

그렇습니다, 윌슨 목사님.

딤스데일 목사님, 저 여자의 영혼을 책임져야 할 사람은 당신입니다.

어서 자백하라고 설득하세요!

아마도 그는 지금 당신이 마시고 있는 쓰지만 건강한 정의의 잔을 붙잡을 용기가 없을 겁니다.

이름을 밝혀서 그가 더 이상 죄의식을 감추지 못하게 하세요!

저 여자는 분명히 이름을 밝힐 거야!

그래야지!

어떻게 딤스데일 목사님의 간청을 거부할 수 있겠어.

저 여자는 말하지
않을 거예요…

저 여자의
마음은 놀랍도록
강인하네요…

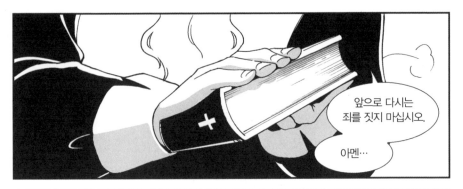

앞으로 다시는
죄를 짓지 마십시오.

아멘…

헤스터 프린을 감옥으로
돌려보내라.

네,
알겠습니다!

그녀는 절망에 사로잡혔고,
이제 죽어가고 있었다…

와아앙~!
와아앙~!

와와앙~

와아앙~! 와아앙~!

톡

아이에게 이 약을 먹여.

바보 같으니. 내가 왜 이 아기를 해친다는 거지?

아무 죄 없는 아기에게 복수하고 싶은 거예요?

그리고 이 약은
당신 거야.

비록 망각의 약물은
못 만들지만

이전에 황야에서
많은 비법을 배웠지.

이 약이 당신의 죄 많은 영혼을
달래줄 수는 없지만

아마 마음을 진정시키는
데 도움이 될 거라네.

난 종종 이대로
죽어버릴까 생각했고,
심지어 죽게 해달라고
기도도 했어요…

당신… 정말
날 죽이고 싶어요?

이 모든 것의 이유는 너무나 명백하지. 나의 어리석음과 당신의 나약함 탓이야.

나는 불구로 태어났고 그래서 지식을 추구하는 데 청춘을 바쳤지.

내가 어떻게 지식만 있으면 신체적 기형 정도는 무시할 수 있다고 착각했을까?

우리가 결혼했을 때부터 이런 일이 생길 거라는 걸 알아야 했어.

결국 우리 앞에 주홍 글자의 불꽃이 타오르고 있을 거라는 걸!

맞아, 그건 내가 어리석었지.

난 당신에게 솔직했어요. 나는 사랑을 느낀 적도, 사랑하는 척하지도 않았어요.

탁!

나는 당신에게 큰 죄를 지었어요.

우린 서로에게 잘못을 저질렀어. 난 당신에게 복수하려는 게 아니야.

구금이 끝난 뒤 헤스터와 펄은
새로운 삶을 꾸려가기 시작했다.

끼익~

끼익~

콩!

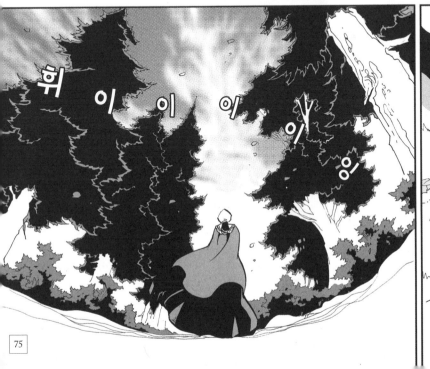

휘
이 이 이
이
잉

헤스터는 이 치욕스러운 곳을 버리고
고향 집으로 돌아가거나
다른 나라로 떠날 수 있었다…

그러나 헤스터는 남기로
결정했다. 그녀의 죄악이 그녀를
이곳에 뿌리내리게 했다.

헤스터와 펄은
마을 변두리의 오두막에
둥지를 틀었다.

헤스터는
뛰어난 바느질 솜씨로
생계를 꾸렸다.

그녀가 만드는
놀라운 자수품은 조금씩
사람들에게 인기를 끌었다.

그러나 오직 신부가 쓰는
하얀 베일만은 예외였다.

마을 사람들은
아직 헤스터가
저지른 죄를 용서할 수
없었던 것이다.

총독의 주름칼라

군인들의 휘장

목사들의 보타이

심지어 아기용 모자도
모두 헤스터의 손에 의해
만들어졌다.

78

하필이면
저 죄 많은 여자를 만나다니
오늘따라 정말 운이 없군!

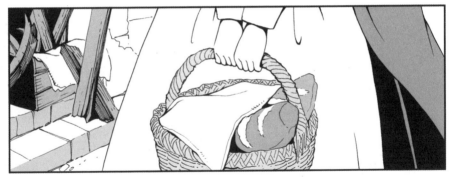

엄마,
나 배고파…

죄인이 베푸는
자비 따윈 받지 않겠어!

성경에는
이렇게 쓰여 있습니다.

'그러므로 너희의 세속적 본성,
즉, 우상숭배가 되는 성적인 부도덕, 불결함,
성욕, 사악한 욕망 그리고 탐욕은
무엇이든지 제거하라.'

신이 여러분의
죄를 볼 수 있다는 것을
기억하세요…

우리가 헤스터 프린이
저지른 죄악을
보는 것처럼 말입니다!

댕! 댕!

봐,
저 여자야!

저 여자가 쓰는 손수건도
내가 바느질한 거잖아…

아휴,
부끄러워라!

악, 안 돼! 저 여자랑 눈이 마주쳤어!

저 여자의 주홍 글자에 지옥의 불길이 치솟고 있다고 하던데!

아!

자신의 죄는 주홍 글자가 되어
가슴에 크게 표시되어 있지만
다른 사람들의 죄는 그저
가슴속에 숨겨져 있는 건 아닌지
묻고 싶었다.

헤스터는 다른 사람들은
자기처럼 죄를 짓지
않았다고 믿고 싶었다.

하지만 때때로
그게 사실일지 궁금했다.

Chapter 4

펄은 아름다운 소녀로
성장했지만, 보통의
인간 아이라기보다는
순수한 영혼에 가까웠다.

엄마.

뤽!

와아~!

엄마, 이것 봐!

저기 봐!
저기 주홍 글자를 단
여자가 오고 있어!

딸도 있잖아.
주홍 글자랑 똑 닮은
죄의 증거 말이야!

어디 보자…
이 진흙을 좀 뿌려볼까!

안 돼,
사랑하는 딸.

너 스스로 모아야지.

엄마는 너한테 줄
햇빛이 하나도 없어.

상관없어요.

들어갈게요.

벨링햄 총독님이
안에 계신가요?

네,
그렇습니다.

하지만 지금은
목사님들과 박사님을
만나고 계세요. 직접 뵈는 건
어려울지 몰라요.

펄,
이리 와.

여기 아름다운
정원을 봐.

세상에…

Chapter 5

나는 엄마 딸이고…

이름은 펄이에요.

펄? 네가 입은 드레스에 달린 루비나 빨간 장미라고 불러야 더 어울리겠는데!

이 아이가 우리가 지금껏 얘기했던 아이입니다. 이쪽은 엄마고요.

자, 이리 오너라.

윌슨 목사님,

펄이 자기 또래의
아이가 알아야 할 교양을
갖추고 있는지
한번 살펴봐주세요.

탁!

펄, 내가 정답을
가르쳐줬지…?

자, 얘야…

누가 널 만들었는지
말해줄 수 있겠니?

겁내지 말아라,
꼬마야.

자, 누구지?

아마도

죄 많은 어머니는 죄 많은 아버지보다 더 행복할 겁니다.

친구여, 이상하게도 당신 말이 참 진지하게 들리는군요.

딤스데일 목사가 말한 바와 같소.

더 이상의 추문이 일어나지 않는 한 아이는 엄마와 함께 지내게 될 것이오.

저 여자와 아이를 위해

하느님이 뜻하신 바대로 두 사람을 내버려둡시다.

정말…

이 작은 아이가
내 아이인가?

저 아이는 마치 마법을 부리는 것 같군요.
하늘을 나는 데 딱히
빗자루가 필요할
것 같지도 않잖소!

이상한 아이군요!
엄마 모습은 쉽게 찾아볼
수 있는데 말이죠.

아이를
조사해보면 아빠가
누군지 알아낼 수 있지
않을까요?

안 되오!

그걸 알아내려고 학문을
이용하려다간 큰 벌을 받을 것이오.
신께서 밝혀내실 수 있도록
비밀로 남겨두는 것이
지금으로선 최선이오.

132

젊은 남자들은
자기 삶을 너무 쉽게
포기하죠! 당신은
그렇게 빨리 천국에
가고 싶은 건가요?

만약 이게
신의 뜻이라면

나는 나의 속죄가
빨리 끝나게 되는 데
만족합니다.

딤스데일 목사는 칠링워스 박사의 친절이나
교구민의 간청을 거절할 수 없었다.
그렇게 해서 이 수수께끼에 싸인 의사는
목사의 의학적 조언자가 되었다.

칠링워스 박사님 말이
맞아요!

저희는 아직 목사님의
인도가 필요해요!

그런 까닭에 목사의
질병뿐 아니라 성격도
알고 싶어 했다.

칠링워스 박사는 병을 일으키는
신체적 측면만 아니라

기질과
영혼에 관해서도
관심이 있었다.

두 사람은 차츰
더 많은 시간을 함께 보냈고,
종종 서로의 집에 찾아갔다.

칠링워스 박사는
딤스데일 목사의
모든 비밀을 밝혀내기로
결심했다!

마을 사람들은 목사가
결혼하지 않겠다고 밝힌 상황에서는
이것이 최선이라는 데 동의했다.
칠링워스 박사로 하여금
목사의 건강을 수시로
살필 수 있도록 하기 위해서였다.

둘 사이에 우정이 자라나자
칠링워스 박사는 목사에게
한집에서 살자고 제안했다.

그들은 묘지 근처에 있는
독실한 미망인의 집을 찾아냈다.

물론이지요,
친구!

박사님, 이 기구를
박사님 서재로
옮겨도 될까요?

다음 날 저녁…

박사님, 이런 허브는 어디서 찾으셨나요?

이름 없는 무덤에 묻힌 망자의 심장 부근에서 자라고 있었죠.

이 허브는 남자가 추악한 비밀을 가슴에 품고 죽었을 때 발견되지요.

비밀을 무덤에 가지고 가기보다 살아 있을 때 고백하는 편이 더 나았을 텐데 말이죠.

저 아이는 내가
지금까지 본 어떤
아이와도 달라요.

진짜 정체가 뭘까요?
어쩌면 작은 악마일지도?

엄마, 가자!

안 그러면 검은 옷을
입은 남자가 엄마를
잡아갈 거야!

목사님도
벌써 붙잡혔지만,

그래도 나 펄은
잡을 수 없을걸~

몇 시간 뒤 딤스데일 목사는
자신이 너무 심했다는 것을 깨닫고
박사에게 사과했다.

둘의 우정은 회복되었고
칠링워스 박사는 목사의 병을
계속 치료했다.

지금이 기회야…

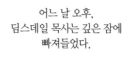

어느 날 오후,
딤스데일 목사는 깊은 잠에
빠져들었다.

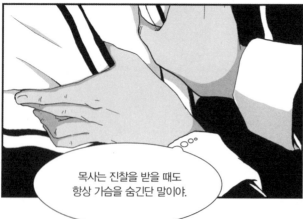

목사는 진찰을 받을 때도
항상 가슴을 숨긴단 말이야.

딤스데일 목사는
훌륭한 설교와 선행 덕분에
교회 안에서 큰 명성을 얻었다.

목사가 존경받는 것은 어떤 측면에서는
그의 설교를 높은 수준으로 끌어올리는
내면의 슬픔 때문이기도 했다.

목사는 자신의 죄를 떨쳐내기 위해
옛 로마가톨릭에서 그랬던 것처럼
자기 몸을 채찍질하기도 했다.

목사는 자신을 감시하고 있는 듯한
어떤 존재를 어렴풋이 눈치챘지만,
이 악의 근원은 알아채지 못했다.

칠링워스 박사는 그들의 우정을 이용해
미묘하고 끔찍한 방법으로
목사의 슬픔과 고통을 가중시켰고,
항상 복수할 방법을 골몰했다.

Chapter 6

양심의 가책과
육체의 병으로 고통받는
젊은 목사는 신도들과
끈끈한 유대 관계를 맺었다.

목사는 신이 자기를 저주하고
혐오한다고 믿었지만, 신도들은
목사가 신의 대변인이라 생각했다.

우리는 모두
죄인이 아닙니까?

목사의 죄책감은 그가
곤경에 빠진 평범한 사람들을
동정하게 만들었고, 그럴수록
신도들은 목사를 흠모했다!

밤늦게까지 금식하고
철야 기도를 하던 목사는
고통 속에서
환영을 목격하기도 했다.

신이 내게 보낸
메시지일까?

환영이었구나…

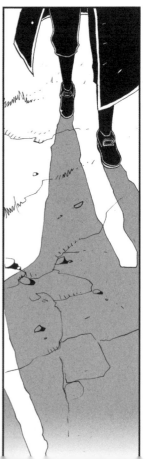

저기 램프를 들고
가는 사람은…
윌슨 목사님이잖아.

이 늦은 시간에
무슨 일이지?

병에 걸린 윈스럽 총독을
방문하러 가는 길인가…

우리 셋이 잠깐 여기
함께 서 있어요!

탁!

163

내일 오후에도 나랑 엄마랑
함께 여기 서 있을래요?

목사님!

무슨 말을
하고 싶은 거니, 펄?

흥!

아, 안 돼, 펄.

언젠가,
정말로 언젠가는 그렇게.
하지만 내일은 아니야!

조금만 더
있자꾸나.

펄.

제발.

내일 말고,
다음에 그러자.

그게 대체
언제인데요?

그럼 내일도 우리 손을
잡아주겠다고 약속해줘요.

…

위대한 심판의 날에
그러자.

우리를 심판하는
사람들 앞에서

너희 어머니와
너와 나 이렇게 셋이
여기에 서 있자.

하지만 지금은
우리가 만나는 걸 사람들에게
보여선 안 돼.

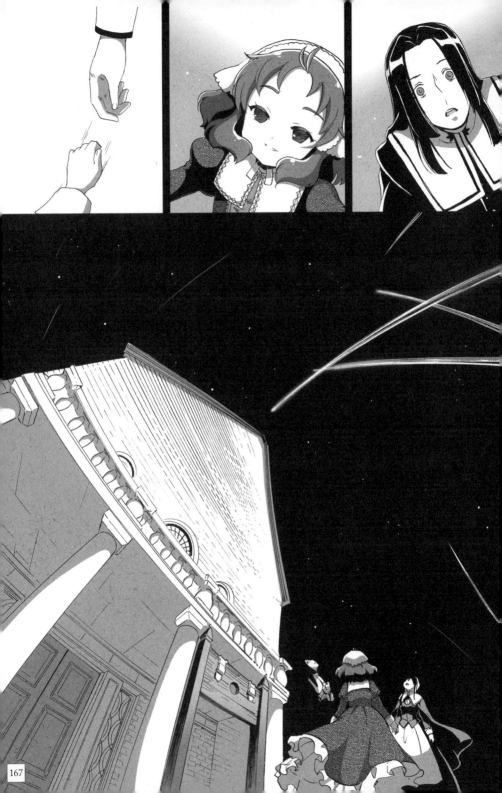

헤스터,
저 사람은 누구요?

...

제가 알아요,
목사님!

왜 그런지 모르겠지만
저 사람을 보니
가슴이 오싹해지오.

대체 누구지?

어서 나한테만
조용히 말해주렴!

헤스터 프린이 재판을 받은 지 7년이 지났다. 헤스터의 성품은 온화하고 친절한 것으로 드러났다.

주홍 글자는 도움이 필요한 사람들을 돕는 헤스터의 상징이 되었다.

그건 사실이지…

그날 이후로 순결하고 흠잡을 데 없는 삶을 살아왔어.

헤스터는 죄인치고는 많은 선행을 했어.

가까이 오지 마요! 그러다 병이 옮겠어요!

장신구에 관해서는
언제나 여자의 욕구에
맞춰야 하지.

지난 7년 동안
저 사람한테 무슨 일이
생긴 거지?

이젠 정말
악마처럼 보여!

뭘 그렇게
뚫어지게 쳐다보는 거지?

글자를 너무 멋지게
수놓아 달아놓으니

당신 가슴 위에서
더 아름다워 보이기도
하는군.

날 울고 싶게 만드는
어떤 것이요.

만약 그게 쓰디쓴
눈물을 흘려야 할 가치가
있다면요…

어쨌든 지금은
목사님에 관해
얘기하고 싶어요.

내가 그 사람에게 무슨 나쁜 짓이라도 했을까 봐?

이 모든 불행은 내 힘으로 끝낼 수 있었어요!

나는 그에게 정직해야 했어요.

내가 정직하게 대할 수 있는 유일한 남자니까!

고통을 견디는 것보다는 그게 더 나았을 거예요!

나 덕분에 목사가 살아 있는 거야.

사실 그 사람이 감춘 비밀을 밝힐 마음이 내게 있다면 단지 손가락으로 가리키기만 하면 돼.

그러면 곧장 감옥으로 가든가 처형대로 보내지겠지!

나는 이미 당신한테
주홍 글자를 남겼어.

바로 나예요!

설령 그게 내 복수가
되지 않았다 해도

바로 나예요.
그 사람이 아니라!

나도 더 이상은
할 게 없어.

당신은 왜 나한테
복수하지 않았죠?

그런 것 같군…

자, 이제 내가 목사를
어떻게 했으면 좋겠어?

충분히
복수했어요.

내가 왜 저런 남자랑
결혼했을까?

우리가 함께했던
행복한 시간의 추억들은…
지나간 모든 것에 비추어볼 때
추하고 쓰라린 기억일 뿐.

그래,
난 그가 싫었다!

그는 내가 그에게
한 것보다 더 큰 잘못을
저질렀으니까!

엄마,
이것 봐!

그런 글자는
아이들 가슴에 녹색으로 쓰면
아무런 의미가 없단다.

펄, 그게 무슨
뜻인지는 아니?

A잖아.

엄마가 나한테
그렇게 알려줬잖아.

엄마가
왜 이 글자를
달고 있는지 아니?

이 글자가 어떻게 나 말고 다른 사람과 상관이 있겠니?

알아. 그 목사님이 가슴에 손을 얹고 있는 것과 같은 이유잖아!

몰라.
난 그냥 아는 대로 말했어.

어쩌면 아까 엄마랑 이야기하던 사람은 알 수도 있겠지!

어쩌면 내 슬픔을 함께 나누고, 함께 있는 것만으로도 슬픔을 덜어줄 만큼 충분히 나이가 들었는지도 모를 일이었다.

펄은 정말 똑똑하고 성숙한 특별한 아이였다.

목사님이 오늘 인디언들에게 목회를 하고 돌아오는 날이라고 했지. 잠시라도 이야기할 기회가 있으면 좋을 텐데…

Chapter 8

엄마, 햇빛이 엄마를 사랑하지 않나 봐.

엄마 가슴 위에 있는 글자가 무서워서 숨는 거 같아!

검은 옷을 입은 남자가
크고 두꺼운 책을 든 채
숲속을 떠돌고 있대.

이 흉측한 남자는 자기를 만나는
모든 사람에게 책과 펜을 건네주고,
그들의 피로 이름을 쓰게 한대.
그러면 검은 옷을 입은 남자가
그들의 가슴에 표식을 해주는 거야.

엄마.

검은 옷을 입은 남자
이야기 좀 해줘.

누가 너한테 그런
이야기를 해줬니?

지난밤 엄마가 보살펴준
그 할머니야. 할머니는 내가
잠든 줄 알았나 봐!

할머니는 이 주홍 글자도 검은 옷을 입은 남자가 줬다고 그랬어.

한밤중에 그 사람을 만나면 글자가 빨간 불꽃처럼 번쩍번쩍 빛난대.

진짜야, 엄마?

검은 옷을 입은 남자가 진짜 있는 거야?

한밤중에 만나러 갈 거야?

그래. 만약 엄마가 다 말해준다면.

엄마가 이번에 말해주면

더 이상 귀찮게 안 할 거지?

엄마는 딱 한 번
검은 옷을 입은 남자를
만났어!

이 주홍 글자는
그 사람이 준 표식이야!

잠깐, 시냇물이
할 말이 있대.

시냇물아, 시냇물아,
왜 그렇게 슬퍼하니?

기운 내!
한숨 쉬지 말고!

만약 네 마음속에
슬픔이 있다면,
시냇물이 말해줄 거래…

엄마의 슬픔을
속삭여준 것처럼 말이야.

엄마, 이 슬픈 시냇물이
뭐라고 말했어?

검은 옷을 입은
남자야?

펄, 저쪽에 가서 놀고 있어.
엄마랑 잠깐 이야기해야 할
사람이 오고 있어.

아서 딤스데일!

진작 알았어야 했는데! 어쩌면 난 알고 있었소! 그를 보면 언제나 가슴이 철렁 내려앉았소!

왜 알아채지 못했지!?

로저 칠링워스! 그자는 내 남편이었어요!!

헤스터, 당신이 얼마나 끔찍한 일을 저질렀는지 아시오!

이 악몽은 모두 당신 잘못이오! 정말이지 용서할 수 없소!!

당신은
혼자가 아니에요!

나 혼자서는
그럴 힘이 없소.

헤스터,
당신은 나의 천사요!

왜 이 생각을
더 빨리 하지 못했을까?

내가 다시
기쁨을 누릴 수
있다니…

다시는 행복하지
않을 거라고 믿었는데!

과거를
돌아보지 말자고요.

보이세요?

내가 이 표식을 떼어내면,
마치 그런 일이 일어나지
않은 것과 같아요!

펄은 당신을 사랑할 거예요.
당신도 그렇고요.

마치 이 시냇물이
세상을 둘로 가르는 경계인 듯한
이상한 느낌이 드는군…

Chapter 9

졸졸 흐르는
시냇물을 건너지 못하고…

영원히 우리와
닿을 수 없는…

어쩌면
엘프 같기도 하고…

긴장감 때문에 숨이
막히는 것 같으니까…

어서 오라고 해요!

펄,
이리 오렴!

여기 네
새 친구가 왔어.

이제부턴 2배로
사랑받게 될 거야.

시냇물을 건너서
어서 이쪽으로 오렴!

넌 작은 사슴처럼
잘 뛰어다녔잖아.

며칠 후…

부상자들을 돌보고 상처는
모두 붕대로 감았어요.

정말 고맙소. 당신은
자비로운 천사요.

선장님, 혹시 배에
남는 자리가 있나요?

어른 둘과
아이 한 명이 타고
싶은데…

가능하오.
자리를 만들 수 있소.

우리는 3일 뒤
영국으로 출발하오.

아서, 드디어
이곳에서 벗어날 방법을
찾았어요…

목사님, 혹시 숲에 다녀오셨나요?

다음번에는 미리 말씀해주세요.

목사님과 함께 가면 정말 좋을 거예요.

히빈스 부인?

무슨 말씀인지 모르겠군요.

제가 미리 말만 하면

검은 옷을 입은 남자가 목사님을 잘 맞이해줄 거예요.

하! 하! 하! 하!

음, 음, 지금은 낮이니까 이 정도만 이야기하죠.

하지만 자정에

숲에서 보게 되면

좀 더 터놓고 말할 수 있을 거예요!

딤스데일은 며칠 동안
굶주렸던 사람처럼
탐욕스럽게 식사했다.

그리고 나서
취임식 설교를 위해
써두었던 원고를 불태우고,
다시 새롭게 쓰기 시작했다.

헤스터와의 만남에서
영감을 얻은 그의 펜은
종이 위로 매끄럽게 움직였다.

아침이 되자,
새로운 설교문이
완성되었다!

정말 이상하고 슬픈 사람이야!

어두운 밤에 목사님이 우리를 불렀잖아.

우리 손을 잡고, 내 이마에 키스도 했어!

하지만 화창한 낮에는 우리를 알아보면 안 되나 보네.

자, 목사님은 잊어버리고 오늘 마을 사람들이 얼마나 즐거워하는지 좀 보렴!

넌 아직 이해 못 해.

쉬~

새로운 총독이 와서 다스린다고 하니까 마치 풍년이라도 든 듯 기뻐하잖아!

청교도는 매년 아주 특별한 며칠을
제외하고는 스스로에게 즐겁게 놀
기회를 거의 허락하지 않았다.

보스턴 사람들은 불꽃놀이와 축제,
거창한 의식이 치러지는 영국에서 왔다.

하지만 뉴잉글랜드의 지도자들은
엄숙함을 강조했고,
이것은 그나마 허용된 몇 안 되는
기념 행사에 찬물을 끼얹었다.

프린 부인!

아!

그럼에도 이날 마을에 합류한
원주민과 선원 등
낯선 이들의 얼굴에는
밝은 미소가 엿보였다.

선장님?

Chapter 10

참 다행이다, 바보야!

아마도 사람 많은 시장은 키스하기에 적당한 곳이 아니라고 말했을 거야.

만약 내가 그랬다면 이번엔 심장을 손으로 감싸 쥐고 나를 노려보았을까?

흠… 대체 누가 상상이나 했겠어!

헤스터,
이리 오시오!

그리고 너도!

펄, 이리 오렴!

자네가 나에게서 달아날
만큼 비밀스러운 곳은
이 지구상에 없어.

이 처형대만 빼고!

이게 더 낫지
않소…

우리가 숲에서
꿈꿨던 것보다는?

더 나아요?
난 모르겠어요!

우리 둘 다
죽을지도 몰라요.

그리고 펄도 우리와
함께 죽을 거예요!

나를 여기까지
이끌어주신 그분께
감사하오!

뉴잉글랜드 주민 여러분!

저를 사랑하고 거룩하게 여겨주신 여러분!

마침내 저는 7년 전에 제가 서 있어야 했던 자리에 섰습니다!

여기, 이 끔찍한 순간을 지탱해주었던 이 강인한 여자와 함께 말입니다!

하지만 여러분 가운데 아직 여러분이 보지 못한 불명예스러운 표식을 지닌 사람이 있습니다.

여러분은 이 주홍 글자를 보고 몸서리를 쳤을 겁니다.

신과 천사들은
이 표식을 알고
있었습니다.

불타는 손가락으로
그것을 자주 만져대던
악마도요!

아니, 이 죄 많은 세상에서
너무나 순수한 모습으로
고통받고 있다는 듯이요!

그러나 그건 사람들 눈에
보이지 않았습니다. 그는 죄 없는
사람처럼 여러분 가운데로
걸어 들어갔습니다.

자, 죽음의 시간에,
그는 여러분 앞에
섰습니다!

헤스터의 주홍 글자를
다시 보세요!

이제 다
끝났군…

내게서
도망치다니!!

감히 내게서
도망치다니!!

쿵!

아서!!

쿵!

이 비극으로 우리는 충분한 대가를 치렀어요!

저세상에서라도 함께 지낼 순 없는 건가요?

이제 우린 다시 볼 수 없는 건가요?

헤스터, 잘 있어요…

쉿, 헤스터…

우리가 어긴 법을 생각해봐요.

우리 죄는 너무나 명백해요…

우리가 하느님을 잊었을 때 우리는 서로의 영혼을 경외하는 마음을 저버렸던 거예요.

우리가 천국에서 만나길 바라는 것은 헛된 희망일지도 몰라요.

이 고통스러운
표식은…

하느님은 나에게 고난을 내려
자비를 베푸셨어요.

신의 이름을
찬미합시다!

그분의 뜻은
이루어졌어요…

이 끈질긴 고통은…

결국 천박한 죽음으로
마무리되는군요…

이 고통이 찾아오지
않았다면 나는 영원히
방황했을 거예요!

잘 있어요…

아서!!

칠링워스 박사의 짓이야!

확실해요!

목사님 가슴에 표식이 있었어요… 헤스터의 것과 똑같았어요!

목사님이 참회의 뜻으로 그 표식을 만들었던 거예요!

그 후, 많은 사람이 목사의 가슴에 주홍 글자가 새겨져 있는 것을 보았다고 증언했다.

말도 안 돼!

한편 몇몇 목격자는 어떤 표식도 보지 못했다고 말했다.

그러나 이 이야기에 대해서는 많은 논란이 있었다.

그들은 딤스데일 목사의 마지막 발언과 헤스터 프린과의 연관성을 부인했다.

그러나 목사의 죽음 이후
로저 칠링워스의 변화만큼
눈에 띄는 것은 없었다.

그는 살아갈 모든 힘을 잃은 듯
보였고 1년 만에
쇠약해질 대로 쇠약해졌다.

마지막 유언장에서
그는 자기 소유의 모든 재산을
어린 펄에게 맡겼다.

칠링워스가 죽은 지
얼마 되지 않아 헤스터와
펄은 모습을 감추었다.

수년 동안 모호한 소문이
끊임없이 떠돌았지만, 마을 사람들은
무엇이 진실이고 무엇이 거짓인지
결코 확신할 수 없었다.

펄이 결혼해서
행복하게 산다는 소식이 전해졌지만,
아무도 펄의 야성적인 성격이
길들여졌는지는 알지 못했다.

아마도 헤스터는
이곳에서 자신의 죄와
슬픔을 견디며
회개했을 것이다.

헤스터는 펄이 성장하자
보스턴에 있는
오두막으로 돌아갔다.

어떤 사람도 그렇게 하라고
요구하지 않았지만,
헤스터는 여생 동안 기꺼이
주홍 글자를 떼어내지 않았다.

사람들은 고난이 그녀를 현명하게
만들었다는 것을 알고,
자신들의 슬픔과 고민을 해결하려고
그녀를 찾았다.

헤스터는 최선을 다해
사람들을 위로하고 조언했다.
특히 그녀와 비슷한 고민을 하는
여성들을 힘닿는 데까지 도왔다.

헤스터는 남녀 간의 관계를
확립하기 위해서는
상호 행복이 바탕이
되어야 하고…

언젠가 신의 뜻에 의해
새로운 진실이
밝혀질 것이라며
그들을 안심시켰다.

헤스터는 자신이
예언자가 되기에는
너무 더럽혀졌다고
느꼈다.

그러나 언젠가 순결하고
아름다운 여인이 나타나
신성한 사랑이 얼마나
우리를 행복하게 해주는지
보여줄 것이라고 굳게 믿었다!

오랜 세월이 흐른 뒤
마치 흙이 섞이는 것을
막으려는 듯 오래된 무덤 옆에
적당한 간격을 두고
새로운 무덤이 만들어졌다.

그럼에도 불구하고
두 무덤은
하나의 묘비를
공유했다.

294

묘비에는 이름 대신
문장 하나가
새겨져 있을 뿐이었다.

검은색 바탕에
주홍 글자
A

19세기…

콩코드에 있는
너새니얼의 집

나는 더 이상 세관에서
일할 수 없었다.

주홍 글자에 얽힌 비밀이 담긴
양피지 꾸러미를 발견한 뒤

나는 헤스터의
이야기를 글로 쓸
시간이 필요했다.

나는 내가 그들의 후손이라는 사실이 부끄러웠다.

하지만 그럴수록 그 이야기를 더 하고 싶어졌다.

우리 조상들은 여자들에게 너무 가혹했다!

직장을 그만두는 것은 내가 모든 시간을 글을 쓰는 데 할애할 수 있다는 사실을 의미했다.

나는 거기 쓰여진 것이 진실이라는 것을 조금도 의심하지 않았다!

그 이야기를 더듬는 것은 헤스터를 알고 있던 수많은 사람을 만나는 일과 같았다.

주흥 글자는…

일생에 걸친 헤스터의 선행과
친절 덕분에 그것이 가진 의미를
새로이 바꾸었다.

주흥 글자는 더 이상
조롱이나 두려움의 대상이 아니라
경외와 숭배의 상징이었다.

The End

캐릭터 디자인 스케치

주홍 글자

초판 1쇄 발행 2022년 8월 5일

지은이 너새니얼 호손 / **옮긴이** 정이립 / **각색** Crystal S. Chan / **그림** SunNeko Lee

펴낸이 조기흠
기획이사 이홍 / **책임편집** 최진 / **기획편집** 이수동, 이한결
마케팅 정재훈, 박태규, 김선영, 홍태형, 배태욱, 임은희 / **제작** 박성우, 김정우
교정교열 책과이음 / **디자인** 이슬기

펴낸곳 한빛비즈(주) / **주소** 서울시 서대문구 연희로2길 62 4층
전화 02-325-5506 / **팩스** 02-326-1566
등록 2008년 1월 14일 제25100-2017-000062호
ISBN 979-11-5784-601-6 04800

이 책에 대한 의견이나 오탈자 및 잘못된 내용에 대한 수정 정보는 한빛비즈의 홈페이지나
이메일(hanbitbiz@hanbit.co.kr)로 알려주십시오. 잘못된 책은 구입하신 서점에서 교환해드립니다.
책값은 뒤표지에 표시되어 있습니다.

⌂ hanbitbiz.com facebook.com/hanbitbiz post.naver.com/hanbit_biz
 youtube.com/한빛비즈 instagram.com/hanbitbiz

지금 하지 않으면 할 수 없는 일이 있습니다.
책으로 펴내고 싶은 아이디어나 원고를 메일(hanbitbiz@hanbit.co.kr)로 보내주세요.
한빛비즈는 여러분의 소중한 경험과 지식을 기다리고 있습니다.